그대로 둔다

그대로 둔다

서정홍

상추쌈

시인의 말

나도 모르게 부질없는 욕심이 스멀스멀 기어오를 때는 윤동주 시집을 펼칩니다.

죽는 날까지 하늘을 우러러
한 점 부끄럼이 없기를

이 두 줄만 읽어도 흐릿한 눈이 한결 맑아지고 마음이 편안해 집니다. 흔들리는 '나'를 바로잡을 수 있는 시가 있어 그 무엇보다 든든합니다.

지구온난화에서 지구 가열화로, 기후변화에서 기후 위기로, 이젠 기후 비상사태란 말까지 들리는 어지러운 세상입니다. 대량생산, 대량 소비, 대량 폐기로 자연 생태계는 큰 몸살을 앓다가 이젠 스스로 일어설 수조차 없게 되었습니다. 조류독감, 구제역, 광우병, 사스, 메르스, 코로나19와 같은 무서운 바이러스가

사람과 동물을 못살게 구는 불안한 시대에 시가 어떤 '길'을 찾을
수 있을까요?

　길을 찾아 헤매다 산골 농부가 되었습니다. 농사지으며 가슴
에 찾아온 시를 모았습니다. 어수룩한 산골 농부가 쓴 빛나거나
특별할 것도 없는 시집이지만, 어디 한두 줄이라도 마음 머무는
곳이 있으면 좋겠습니다. 그곳에서 함께 길을 찾아갈 수 있으면
얼마나 좋을까요?

　　　　　　　　　　　길을 찾아 길을 나선 벗들에게

　　　　　　　　　　　　산골 농부 서정홍

차례

3부   그래서 연둣빛 새순이 돋고

4부 온 집안에 웃음꽃이 피었다

1부

걸어온 길이 그리워서

더없는 시간

책을 읽다가 자주 덮는다
무얼 깨달았나 싶어서

길을 걷다가 자주 뒤돌아본다
걸어온 길이 그리워서

잠을 자다가 자주 깬다
살날이 얼마나 남았나 싶어서

길

어제와 같은 길이지만
어제와 다르고

어제와 다른 길이지만
어제와 같은 길을

나는 걷는다

시시하거나
특별하거나
아무렇지도 않게

아내는 1

신혼살림 때부터
화장품병 참기름병 꿀병
무엇이든 가리지 않고 거꾸로 세워
마지막 남은 한 방울까지
다 쓰고 말던 아내는

혼인 37주년
오늘도 튜브 벽에 붙은 치약마저
닥닥 긁어 다 쓰고 말겠다며
기어코 가위를 쥐고
튜브를 반으로 자르는 아내는

똥고집에 철도 없는 사내 만나
고달픈 산골 살림
알뜰살뜰 꾸려 온 아내는

나 혼자 살면 무슨 재미로
끼니때마다 밥상 차릴 거냐고

봄꽃처럼 환하게 웃으며
당신이 '맛있는 반찬'이라는 아내는

머리 감을 때마다
수북이 빠지는 머리카락을 바라보며
여태 고만고만 잘 살았다는 아내는

돈을 섬기지 말고 사람을 섬기면
무슨 일을 해도 좋은 기운이 따른다는
60년 쥐띠, 올해 환갑입니다

아내는 2

나는 말이 적은 게 아니다
그저 단순한 것이다

아내는 말이 많은 게 아니다
슬기로운 것이다

나는 한 번에 한 가지 일을 하지만
아내는 한 번에 여러 가지 일을 한다
상구두쇠 험담을 늘어놓으며 콩을 가린다
은근히 신랑 자랑을 하면서 고구마 줄기를 벗긴다
아들 녀석 안부 전화 받으면서 마늘을 깐다
이웃들과 농담을 주고받으면서
토란대를 썰고 깻잎에 양념을 바른다
그리고 텔레비전 보면서 고추 꼭지도 딴다
가르친다고 쉽게 할 수 있는 일이 아니다

고수

여보, 우리 가끔 가는
그 찻집 주인 아가씨 이름 생각나요?
엊그제 명함도 받았잖아요

어휴, 내가 그걸 어떻게 알아요
이 세상에서
여성 이름은 당신밖에 몰라요

58년 개띠와 60년 쥐띠

으스름 새벽부터
산밭에 나가 고추를 따고
땀범벅이 되어 돌아온 아내와 나는

누가 먼저랄 것도 없이
옷을 홀딱 벗고
욕실에 들어가 몸을 씻는다

서로 땀내 맡으며
서로 등을 밀어 주며
그냥 사람으로 그렇게

고백 1

여보, 남자도 갱년기를 하는가요?
나는 살아오면서
화 같은 거 낸 적이 거의 없잖아요
사람들이 그랬잖아요
어찌 화를 안 내고 살 수 있느냐고

그런데 요즘 별것도 아닌 일로
짜증이 나고 화가 나거든요
내가 왜 이러지
내 모습은 이게 아닌데……
이런 못난 내 모습을
당신한테 말해야 하나 말아야 하나
많이 망설였다니까요

이젠 용기를 내서
당신한테도 가까운 사람들한테도
말을 해야겠다는 생각이 들어요

내가 별것도 아닌 일로

짜증을 내거나 화를 내더라도

나를 이해해 주면 고맙겠다고

누가 싫거나 미워서 그런 게 아니라고

그건 '내'가 아니라

잠시 나를 찾아온 '갱년기 손님'이라고

고백 2

할 줄 아는 거라고는
죽기 살기로
농사짓는 일밖에 없는 아재가
술 한잔 하시고 거나하게 취하면
입버릇처럼 말씀하셨다

야야, 너희들 말이야
어디서 무슨 짓을 하든 어깨 힘 빼고 살어
어깨 힘 들어간 놈은 절대 인간 안 될 놈이야
그런 놈하고는 상종을 하지 말어

그때는 어려서
'어깨 힘 들어간 놈'이 누군지 몰랐다
그놈이
'싸가지 없는 놈'이라는 것을 알았을 때는
이미 내 어깨에 힘이 잔뜩 들어가 있었다

시인 체면

술자리에서 후배가
하얀 봉투 하나를 내밀었습니다

서정홍 시인 원고료입니다!

봉투도 열어 보지 않고
술값에 보태라며 되돌려 주었습니다

아이고, 선배님!
이러시면 안 됩니다
원고료는 집에 계신 형수님께
꼭 갖다 드려야 합니다
그래야 시인 체면이 서지요
체면이 서야 시를 쓰지 않겠습니까요
술값은 저희들이 내겠습니다

기분 좋게 술 한잔 마시고
집으로 돌아와

아내에게
하얀 봉투를 내밀었습니다

늦가을 달님이
작은 창문 틈으로 비집고 내려와
하얀 봉투를 슬그머니 비추며
시인 체면을 세워 줍니다

아무튼

대기업 회장님 입던 바지를
이모가 아는 사람한테 겨우 얻어 왔대
이 바지를 입고 다니면
부자가 된대나 어쩐대나

이모가 그 말을 믿고
나한테 이 바지를 입고 다니라는 거야
어쩌겠나, 어릴 때부터 나를
끔찍하게 좋아하는 이모가 하는 말인데

나는 이 바지를 입고 다닐 때마다
대기업 회장님 생각이 난다 말이야
어떤 집에서 잠을 잤을까?
무얼 먹고 살았을까?
밥 한 알 속에
온 우주가 들어 있다는 걸 알았을까?
그 정도는 알았을 거야
사람은 밥 한 숟가락에 기대어 살다가

꼴까닥하는 걸 알기는 했을까?
그걸 모르지는 않았겠지
이 바지를 입고 다니며 무얼 믿고 살았을까?
이웃을 내 몸같이 사랑하라는
하느님 아니면 부처님?
설마 돈이나 권력 따위를 믿고 산 건 아니겠지

아무튼 이 바지를 입고 나서부터
알 수 없는 기운이 불쑥불쑥 일어난다 말이야
부자가 될 기운은 절대 아닌 것 같고

고백록

집이 있는 내가
밭이 있는 내가

집도 밭도 없는
수연이 아버지한테

밥을
그저 얻어먹다니

이런 어처구니없는 짓을 하고도
잠을 잘 수 있다니

때늦은 웃음

벽에 자랑처럼 걸린
아주 오래된
국민학교 6년 개근상을 바라보며
문득 이런 생각이 드는 것이다

그 여섯 해 동안
아버지가 몹쓸 병으로 돌아가시고
어머니가 영양실조로 쓰러지시고
단짝 친구가 교통사고로 입원을 하고
홍수로 마을 사람들이 슬픔에 잠기고
집집마다 먹고살 양식이 없어
살아갈 날이 막막하기만 한데

곁에서 함께하지 못하고
개근을 했다는 게
문득 우습다는 생각이 드는 것이다
실실 웃음이 나오는 것이다

마지막 제삿날

올해 일흔둘이니 형수님도 이젠 늙으셨다. 형님이 마흔도 되기 전에 일찍 세상을 떠나고 난 뒤, 딸 둘 아들 둘 키우며 애써 살아온 형수님이시다. 하, 그 세월을 어찌 말로 다 할 수 있겠나.

삼촌, 내가 지금까지 제사상을 잘 차렸든 몬 차렸든 사십 년 넘도록 형님 제사를 지내 왔다 아이가. 나도 인자는 늙어 언제 죽을지도 모르잖아. 내 죽고 나모 요즘 세상에 어느 자식이 제사 지내겠노. 그라이 내년부터는 제사 안 지낼란다. 삼촌, 너무 서운하게 생각지 마래이. 형님도 한 사십 년 내가 차린 제삿밥 묵었으모, 인자 더 이상 안 무도 안 되겠나. 절에 스님도 그라더라. 한 사십 년 제사 지내 주모, 귀신도 원망 안 할 거라고.

형수님 말씀을 들으면서 오늘이 형님 마지막 제삿날이구나 싶었다. 그리고 돌아가신 형님도 늙어 가는 형수님을 보면서 그래그래, 고개 끄떡거려 주리라 싶었다.

영감, 이래 편한 세상에 살아보지도 몬하고 일찍이 가다이 참 불쌍하요, 나는 오만 거를 다 묵고 누리면서 사는데…….

　마지막 제사상 앞에서 형수님이 흘린 눈물 속에는 사십 년 세월이 고스란히 젖어 있었다. 그 눈물이 있어 눈물이 나는 마지막 제삿날 음력 6월 28일, 여름밤은 그렇게 그렇게 깊어만 갔다.

빈말이 아니다

하루하루 늙어 간다는 게

얼마나 큰 축복이고 다행한 일인가

하찮은 욕심과 집착 다 내려놓고

새처럼 훨훨 떠날 수 있어

벌써 마음이 설렌다

빈말이 아니다

그대로 둔다

서둘러 먼 길 떠난
박영근 시인
생각만 해도 마음이 짠한
문영규 시인
마지막 여행길에 나를 찾아온
박노정 시인

휴대전화 안에 들어 있는
전화번호
그대로 둔다

언젠가는
하늘나라에서
만날 수 있을 테니까

서로 떨어진 곳에 있으면
전화 걸어
막걸리 한잔 해야 하니까

상추쌈 어린이 01
잘 가, 석유 시대

해리엇 러셋 글 · 그림
윤순진 감수
36쪽 220x310mm

뻔하지도, 두렵지도, 우울하지도 않은 에너지 이야기

기발한 유머, 전혀 어울릴 것 같지 않은 것들을 아무렇지 않게 마주 놓는 분방한 전개, 손으로 쓴 글씨나 단어, 재미있는 말장난으로 가득한 에너지 그림책이다. 내내 깔깔거리며 숨은 그림을 찾고, 이따금 등장하는 엉뚱한 질문에 답하고, 바람개비도 접고, 맘에 드는 그림을 고르고, 미로 찾기도 하다 보면 어느새 '석유 시대가 저물면 우리는 또 어떤 에너지들을 만나게 될까?' 하는 질문과 깊이 만나게 된다. 나와 이웃, 수많은 지구의 생명을 구하는 세상에서 가장 멋진 작별 인사, 함께해 보지 않을래?

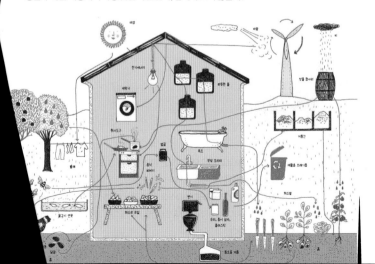

고개를 넘어 마을로 01
참된 문명은 / 사람을 죽이지 아니하고

김종철
류이치 사카모토
박경미
박맹수 추천

고마쓰 히로시 글
오니시 히데나오 옮김
244쪽 127x188mm
* 올해의 환경책

"참된 문명은 산을 황폐하게 하지 않고, 강을 더럽히지 않고, 마을을 부수지 않고, 사람을 죽이지 아니한다." 자신의 모든 것을 걸고, 나날이 조금씩, 그러나 쓰러져 그칠 때까지 시대의 불의와 문명의 야만성을 걷기 위해 멈추지 않고 나아간 사람. 다나카 쇼조는 서구 근대 문명에 맞서, 자연의 은혜로움 아래에서 사람다움을 지키는 문명의 길을 찾고자 했다. NHK의 일본 역사 41부작의 한 부는 '일본 시민운동의 아버지'로 불리는 그의 이름을 땄다.

상추쌈 시집 01
그대로 둔다

김용택 추천

서정홍 시
136쪽 125x200mm

산골 마을에서 농사짓는 시인이 예순 즈음 찬찬히 삶을 돌아보며 쓴 시들을 모았다. 농사지으며 마주한 자연의 이치와 은혜, 시골 사람 눈으로 바라본 세상의 풍경과 깨달음을 쉽고 깨끗한 말로 담았다. 삶의 지혜가 몸에 밴 어른들이 지나듯 던지는 말도 사투리 그대로 살아 있다. 4부에는 앞이 보이지 않는 며느리를 맞으면서 겪은 마음과 삶의 격랑이 낱낱이 담겨졌다. 오랜 인연에게 편지를 쓰듯, 이웃 어른과 밥상에 앉아 이야기하듯, 눈먼 며느리의 말을 가슴으로 새겨듣듯, 그의 시는 가까이 있다.

상추쌈 시집 02
생강밭에서 놀다가 해가 진다

김명인 추천

서와 시
88쪽 T25x200mm
* 우수출판콘텐츠 선정 도서

시를 쓰는 20대도, 여성도, 농부도 어느덧 모두 낯선 시대, 20대이자 여성이면서 또 농부인 이가 쓴 시들을 묶었다. 서와는 천천히 소박하게, 그러나 걸음 걸음 기쁨이 총총한 삶을 조금도 젠체하는 법 없이 담백하게 읊조린다. 책장을 넘기다 보면 시인이 20대 초중반을 밭이랑에 호미 들고 앉아 흘린 땀이, 그 땀으로 살뜰히 키워 낸 생명들이, 함께 땀 흘리며 살아가는 아름다운 이웃들이, 살며시 나와 곁에 앉는다. 조붓한 어린잎을 끝내 밀어올린 봄싹처럼 새촙고 풋풋한 첫 시집이다.

곧 나올 책

고개를 넘어 마을로 02
어제를 향해 걷다 전면 개정증보판

야마오 산세이 글 | 최성현 엮고 옮김

상추쌈 시집 03
야마오 산세이 시선집 (가제)

야마오 산세이 시 | 최성현 엮고 옮김

상추쌈 도서 목록

자급과 자립의 터전이 되어 온 작은 마을과, 그 속에서 살아가는 이웃들이 땀 흘려 일하며 떳떳하게 가꾸고 지켜 온 것을 소중하게 담아내고 싶습니다. 식의주와 교육, 건강, 생태를 깊이 있게 다루고자 합니다.

마을 속에서 한 걸음씩 상추쌈

나무에게 배운다

니시오카 쓰네카즈 구술
시오노 요네마쓰 듣고 엮음
최성현 옮김
216쪽 146x194mm

나무와 더불어 온 생애를 살아온 목수가 있다. 여든여섯, 살아온 삶이 그러하듯 곧고 간명한 말 속에 담긴 지혜는 깊고 또렷하다. 장인의 깨달음은 비틀린 문명과 삶, 교육을 비추는 묵직한 은유들로 넘쳐 난다. 아이를 기르고 가르치는 부모나 교사라면 놓치지 말아야 할 책이다. NHK에서 방송된 100부작 프로그램 〈나의 한 권, 일본의 백 권〉에 선정되기도 했다. 전우익 선생이 인생의 한 권으로 꼽았던 책이기도 하고, 이 책의 일부가 《녹색평론선집3》에 수록되어 있다.

다시, 나무에게 배운다

오가와 미쓰오와 제자들 구술
시오노 요네마쓰 듣고 엮음
정영희 옮김
352쪽 150x225mm
* 올해의 환경책 후보 도서

《나무에게 배운다》의 가르침이 지금 이 시대에도 가능한 것일까? 이 책은 그에 대한 확고한 대답이다. 니시오카 쓰네카즈는 단 한 사람, 오가와 미쓰오를 제자로 길렀다. 그는 일본 최고의 대목장이 되었고, 이카루가공사라는 공방을 세워 궁궐목수로서 많은 건축물을 돌보고 짓는 한편, 제자들을 가르친다. 전통을 이으며 새 길을 열어 가는 그와 젊은 제자들 이야기가 생생하고 다채롭게 펼쳐진다. 사람의 싹을 발견하고 그것을 기르는 일이 어떠한 것인지를, 여러 제자들의 사례를 통해 자세히 들여다볼 수 있다.

스스로 몸을 돌보다

윤철호 글
680쪽 145x217mm
* 우수전자책 지원 도서

혼자 힘으로 100m를 걷기가 힘겨웠던 20대 청년은, 책상 앞에 한 시간 동안 앉아 있을 수 있는 체력을 회복한 뒤로, 온갖 건강 서적과 사이트를 뒤지며 건강을 되찾기 위해 골몰했다. 수십 년 투병 경험에 기대, 원리를 이루는 뿌리부터, 아주 세세한 가지까지 건강에 관한 거의 모든 것을 다루고 있다. 이제는 흔히 알려진 '저탄고지'나, 암 투병의 원칙 같은 원리를 일찍부터 깊이 있게 파헤친다. 변호사 특유의 논리와 집요함, 타고난 재치와 유머, 폭넓은 교양이 돋보이는 책이다.

상추쌈 청소년 01

한 번뿐인 삶 YOLO

권산, 권영후 글
288쪽 125x188mm

아들이 군대에 갔다. 이제 막 세상 앞에 선 아이에게, 온 마음을 다해 아빠가 띄우는 편지. 스무 살 문턱, 하고 싶은 일과 해야 하는 일 사이에서, 이 시스템의 틈바구니를 비집을 방법을 찾는 아이에게, 아빠는 모범 답안 대신 종횡무진 걸어온 자신의 모험담을 건넨다. 모든 것이 지나간 다음에서야 뒤늦게 깨닫지 않기를. '지금, 여기'를 선택하기를, 그렇게 해서 지금도, 나중도 즐거울 수 있는 방법에 이르는 지도를 스스로 펼쳐 보이기를. 입학과 입대, 취업…… 새로운 시작을 앞둔 누구에게나 권하고 싶은 책이다.

상추쌈 청소년 02

꿀벌과 시작한 열일곱

모리야마 아미 글
정영희 옮김
280쪽 127x185mm
* 경남독서한마당 선정 도서
* 행복한아침독서 추천 도서

" 윤구병 추천 "

열일곱 살, 한 여고생이 시작한 고등학교 양봉 동아리. 시골 학교 뒤뜰에 벌통을 놓고 꿀벌을 치기 시작했다. 마을과 자연, 사람들 속에서 아이들은 꿀벌과 함께 거침없이 자신의 길을 열어 간다. 배움을 '기다리는' 것이 아니라 '찾아' 나서는 아이들의 놀라운 변화가 생생하고 풍성하게 펼쳐진다. 일본 최고의 애니메이션 극작가가 한 편의 청춘 영화처럼 써 내려간 작은 기적 같은 이야기. 교육과 지역, 자연과 마을에 대한 고민을 온몸으로 종횡무진 넘나드는 아이들이 여기 있다.

쇠나우 마을 발전소

다구치 리호 글
김송이 옮김
280쪽 128x188mm
* 올해의 환경책
* 환경부 선정 우수환경도서

" 윤순진
이창수 추천 "

독일의 울창한 숲속, 인구 2,500명이 사는 작은 시골 마을 쇠나우는 지금 전 세계 대안 에너지 운동의 중심이 되었다. 1986년 체르노빌 이후 아이들에게 핵 없는 미래를 물려주고 싶었던 시민들 몇몇이 모여 머리를 맞대기 시작했다. 쇠나우의 이야기는 우리가 삶의 질을 낮추지 않고도 핵발전을 멈출 수 있다는 것을, 에너지 전환의 출구는 있다는 것을 분명하게 보여준다. 후쿠시마 참사를 겪은 고국에 건네기 위해 쇠나우의 모험담을 차분히 듣고 정리한, 재독 언론인 다구치 리호 씨의 시선이 절실하고 깊다.

이야기는 맛있다

언젠가 새

박선미 글
256쪽 127x185mm
* 지역우수출판콘텐츠

엄마와 함께 읽는 밀양 어느 댁 양념딸 이야기. 저자는 살아온 삶이 오롯이 담긴 '솔깃한 이야기'들로 엄마와 딸과 또 그들이 살아가는 마을의 풍경을 담아 왔다. 물 길러 다니던 새밋전에서, 봄이면 몽당 칼자루에 소쿠리 챙겨들고 나서던 들판, 감꽃 줍던 이웃집 마당에서 살뜰히 속사람을 여물리던 시절이 애틋하게 펼쳐진다. 한 마디 한 마디 제대로 살려 쓴 동넷말(사투리) 덕분에 갓 뜯은 봄나물처럼 파들파들한 글귀가 가득하다.

에코맘의 산골 이유식

오천호 글
권산 사진
288쪽 170x230mm

섬진강이 내려다보이는 지리산 산골에서 이유식을 만드는 아기 아빠. 가까이 역 농산물, 신선한 제철 재료로 이유식을 만드는 데에 온 힘을 쏟고 있다. 텃마을 어른들의 이야기를 들으며 익혀온 이유식에 관한 모든 것을 담아 음 시작하는 부모가 주눅들지 않기를, 이유식을 하는 것이 유별난 일 림이 풍성해지는 디딤돌이기를 바라는 마음으로 썼다. 아름다운 시 야에 지친 이들을 위로한다.

주거니 받거니
밤을 새워야 하니까

쓸쓸한 안부

세상이 많이 변해 가네그려
교회고 절이고
모두 돈과 편리함에 빠져
목적 없이 떠돌아다니는
구경꾼들만 우글거리니 말일세

이웃을 내 몸처럼 사랑하라고?
그건 성서나 경전에 나오는 말이지
닭장 같은 아파트에 딱 갇혀 살면
이웃이 누군지조차 모르는데
사랑은 무슨?

요즘 사람들은 이웃도 모르면서
어떤 신부나 목사나 승려를
어떤 교수나 판검사나 국회의원을
잘 안다며 친하게 지내는 사이라며
떠벌리고 다니더군
그게 마치 집안 자랑처럼

세상이 아무리 변해도
쓸쓸하고 가난한 이웃을
잘 알고 친하게 지내는 게
집안 자랑이 되어야 하지 않겠는가

제 잇속 차리기에 바쁜 사람들 속에서
자네는 어찌 지내시는가?

못난 시인의 기도 1

하느님!
틈날 때마다
주절주절 우스갯소리를 늘어놓다가
웃음거리가 되게 하소서
바보같이 속없는 소리를 하다가
핀잔도 먹게 하소서
때론 바라던 일이 어긋나게 하시고
바작바작 마음 졸이게 하소서

그리하여
고달픈 삶에 지친 사람들이
엉성하고 못난 저를 바라보며
작은 위안을 얻을 수 있게 하소서

다만 거짓과 탐욕으로
젊은이들의 꿈을 짓밟지 말게 하시고
어떠한 처지에서도
사람과 자연을 해치지 않게 하소서

만일

하느님 보시기에 괜찮으시다면

농사일 마치고

세상모르고 낮잠 한 번 자게 하소서

못난 시인의 기도 2

하느님!
제가 쓴 시를 읽으며
―그까짓 시, 나도 쓸 수 있겠다!
그렇게, 그렇게 생각하는
사람이 늘어나게 하소서

어딘가 서툴고 모자란 듯해도
자기 이야기를 솔직하게 시에 담아내는
겸손하고 슬기로운
사람이 늘어나게 하소서

그리하여
부질없는 집착과 욕심에서 벗어나
한 사람 한 사람이
'주인'으로 당당하게 살게 하소서

못난 시인의 기도 3

하느님!

시를 쓰는 시간만큼이라도

딱 그 시간만큼이라도

세상이 고요해질 수 있다면

날밤을 새워 시를 쓰겠습니다

예순

몸을 쓴 만큼 섬겨야 할 나이
머리 쓴 만큼 비워야 할 나이
뱉은 말만큼 들어야 할 나이
느낀 만큼 나누어야 할 나이

고요한 숲으로 돌아와
미움도 원망도 욕심까지도
하나둘 그냥 내려놓고
받은 만큼 베풀어야 할 나이

나를 찾아 나를 위로할 나이

2부

한테 보듬고 산다

이웃사촌

살아 있는 사람 수보다
뒷산에 무덤 수가 더 많은
산골 마을에

부부가 사는 집보다
혼자 사는 할머니가 더 많은
산골 마을에

올해 여든두 살인 박골 아지매는
자고 일어나면 버릇처럼 달려간다
혼자 사는 아흔 살 큰들 아지매 집으로

아지매, 나요 나!
일어났능교?

행여 새벽녘에 돌아가셨을까
아무도 없는 텅 빈 방에서
그게 남의 일 같지 않아서

마을 회관 텔레비전 앞에서

개 목욕시키는 걸 보고
하이고
개 발톱 깎아 주는 걸 보고
하이고
개 목도리 해 주는 걸 보고
하이고
개 안고 다니는 걸 보고
하이고
개 병원에 데리고 다니는 걸 보고
하이고
끼니때마다 개밥 주는 걸 보고
하이고
늙은 부모는 요양원에 내팽개치고
우짜모 좋노

새미골 할머니

저 영감재이, 젊었을 때는 세상모리고 나댕기니라꼬 내 쏙을 얼매나 긁었는지 하늘이나 알까 누가 알겠노. 꺼떡하모 동무들 데꼬 와서 밥상 차리라 술상 차리라 고함을 지르고……. 아이고, 지금 생각하모 내가 생각캐도 내 쏙이 참 너르다 아이가. 철때기 없는 사내들 혼쭐로 내도 션찮았을 낀데 그걸 꾹 참고 살았으이. 다 자석들 보고 안 살았나. 내 배 아파 갖고 난 자석들 안 굶길라꼬. 인자는 내나 저 영감재이나 다 늙어서 이도 홀빡 빠져 가꼬 오늘만 내일만 죽을 날만 기다리는데 밉고 곱고가 어데 있겠노. 내 인생도 불쌍코, 저 영감 인생도 불쌍코, 서로 불쌍하이 고마 한테 보듬고 산다 아이가.

슬퍼서 웃는 사람들

오늘 케이비에스 〈아침마당〉 봤나?

그거 안 보는 노인네가 어데 있노.

구십 넘은 어매를 아들이 지극정성으로 모시대.

내도 봤다.

직장꺼정 그만두고 어매 수발을 얼매나 잘하든지……

늙은 어매 방바닥에 퍼질러 논 똥오줌꺼지 치우는 거 보이깨네 맴이 짠하대.

그기 넘으 일 겉지가 않은 기라.

그런 아들 하나 있으모 얼매나 좋겠노.

청암떠기는 큰아들이 효자잖아.

큰아들이 효자모 뭐 하노.

와, 무신 일 있나?

우리도 인자 다 팔십이 넘었다 아이가.

나이 묵은 기 큰아들캉 무신 상관이고?

중촌떠기가 어제 간병인 보험 들었다고 안 카드나?

같이 들었잖어.

그래 내도 간병인 보험인가 뭔가 쫌 들어 보까 했디

마.

그라이까?

말 떨어지기가 무섭구로 우리 큰메느리가 딱 그카대.

아이고, 어머이.

어머이는 혼자 꿈적거리기 힘드시모

요양원에 가시면 되는데요.

돈 들이 가 간병인 보험은 왜 넣으신대요?

그 말 듣고 기가 차서 입에 자꾸를 꽉 채와 뺐다.

멀쩡한 자식이 몇인데 어매를 요양원에 갖다 버릴 생

각을 하노.

요양원에 한 번 들어가모 두 번 다시는 지 살던 집으

로는 몬 돌아온다 아이가.

맞다, 그라고 보이 요양원 가서 돌아온 영감 할마이는

한 사램도 없네.

요양원은 살러 가는 데가 아이고 죽으러 가는 데 겉

애.

배골떼기 할마이는 요양원에 드갔다가 보름도 못 넘

기고 택시 타고 내뺐다 아이요.

혼자 살다가, 혼자 시상 베린다 캐도, 집에서 죽고 싶다꼬.

구십 펭상 택시비가 아까바서 택시 한 번 안 타 본 사램이 배골떠기 아이가.

그런 배골떠기가 요양원에서 달아날 끼라꼬 누가 생각이나 했겠노, 그것도 택시를 타고.

그 이바구로 듣고 마을 사람들이 얼매나 배꼽 잡고 웃었는고 아나?

하도 구슬파서 웃었겠지.

하모하모, 사램이 웃는다꼬 쏙까지 웃는 거는 아이지.

걱정이다

혼자 사는 선돌 아지매는
올해 여든이시다
산골에서 태어나
한평생 농사지으며 사셨다
부지런히 살아온 세월만큼
목 어깨 허리 무릎
어디 성한 데가 없으시다
그래도 농사일이나 살림살이는
따라올 사람이 없다

봄꽃이 피고 지는 날에
같이 생강을 심고
새참을 먹으며 아내가 말했다

선돌 아지매, 자꾸 걱정 해 쌓지 마이소
나이 들어 몸이 아프시면은
제가 자주 찾아뵐게요

선돌 아지매는
그 말을 듣고 하도 고마워서
가슴이 두근두근 밤잠을 설쳤다는데

나는, 나는 걱정이다
아내도 나이가 자꾸 드는데
어찌 그 말을 책임질 수 있을까 싶어서

한밭골 어르신

여든 해를 살면서
내가 가장 잘한 게 뭐냐 하믄
아내가 하자는 대로 한 거밖에 없어유
자식들 낳고
끼니때마다 젖 먹이고
시간 맞춰 재우고
똥 기저귀 비벼 빨고
가방 챙겨 학교 보내고
아프면 죽 끓여 먹이고
시집 장가 보내고……
여태껏 내가 한 거는 하나도 없어유
아내가 다 했지유
나는 그저
돈 몇 푼 벌어다 준 거밖에 없어유
이날까지 몸 건강하구
마음 편안하게 사는 거
다 아내 덕이유
이만하면 잘 살았지유

과부 제조기

저 경운기가 말이야
사람 손으로 하면
몇 날 며칠 해야 할 농사일을
반나절만에 뚝딱 해치우지

요즘은 경운기보다 열 배 스무 배나 비싸고
비싼 만큼 능률도 좋은 트랙터도
마을마다 몇 대씩 있으니
편리한 만큼 느긋해지고 잘 살아야 하잖아

그런데 왜 그런지 모르겠어
날이 갈수록
더 바빠지고 빚만 늘어난다니까
문제야 문제, 아주 큰 문제고말고

바빠지고 빚만 늘어나는 게 아니라
저 경운기가 지난해에도 한 사람
오늘 아침에도 한 사람을 죽였어

'과부 제조기'라니까
마을마다 경운기 사고로 남편이 죽고
과부가 된 사람 많다 이 말이지

사랑과 청춘을 가슴에 품고

한 해에 한 번
벚꽃이 흐드러지게 필 때
마을 놀이 가신다
이날만을 기다려 왔다는 듯이
산골 할머니들은 한 분도 빠지지 않고
마을 놀이 가신다
대밭골 할머니는 무릎 연골 주사 맞고
함박골 할머니는 허리 진통제 맞고
마을 놀이 가신다
관광버스 안에서 마신
소주 한두 잔에 거나하게 취해
흔들리는 몸은 아직 청춘이시다
농사일 할 때는
그토록 아프던 무릎과 허리가
이날만은 아프지 않다
청춘을 돌려 달라고
사랑하기 딱 좋은 나이라고
사랑과 청춘을 가슴에 품고

신나게 노신다
고달픈 농사일도
덧없는 인생살이도
잠시 잊고
멋지게 노신다
관광버스 의자를 붙들고 서서
흔들리면 흔들리는 대로

두루두루

형제 가운데 저라도 농부가 되어 참 다행이에요. 도시에 사는 형제들은 어머니가 큰병이 들어 입원을 했는데도, 병문안조차 마음 편하게 할 수 없어요. 도시에서는 상추 이파리 하나도 돈을 주고 사 먹어야 하니까, 돈이 없으면 산송장이나 다름없잖아요. 그래서 시간이 돈이지요. 농부들도 시간이 중요하지만, 시간을 돈이라 여기지는 않아요. 3월 중순에 감자 심어 놓고 어머니 병간호하고, 5월 중순에 고구마 심어 놓고 어머니 병간호하고, 6월 중순에 감자 캐고 양파 뽑아 놓고 어머니 병간호하고……. 틈틈이 북도 돋워 주고 풀도 매야 하지만, 가까운 이웃들한테 부탁을 하면 제 일처럼 잘 해 주거든요. 다음에 품앗이로 갚으면 되니까요. 형제 가운데 농부 한 사람 있으면 두루두루 쓸모가 있다니까요.

나무 십자가 아래

산골 마을 '토기장이의 집'에는
작은 나무 십자가가 걸려 있습니다
그 십자가 아래 산골 아이들이
노래를 부르고 기타를 배우고
삶을 가꾸는 글을 쓰고
책을 읽고 토론을 하고
청소년들이 어른들과 함께
담쟁이인문학교를 열고
배운 것을 서로 나누고
젊은 농부들이 공동체 모임을 하고
나이 따지지 않고 둘러앉아 차를 마시고
일요일이면 예배를 드리고
사람을 살리는 밥을 모시고
하느님이 바빠서 돌보지 못한(?)
쓸쓸한 사람들의 아픔을 귀담아 들어 주고……
토기장이의 집에 사는 목사님네 식구들은
스승인 자연과 더불어
자연을 닮은 농부들과 가난을 벗 삼아

오늘도 들녘으로 갑니다
봄 여름 가을 겨울 나무 십자가를 지고
수수와 감자를 심고 배추와 무를 심고

청년 농부 예슬이

농사지으며 틈틈이 노래 부르는
스물여섯 살 청년 농부 예슬이는
요즘 가끔, 때론 자주
공연 초청을 받아 도시에 나가요

이웃 농부들은
예슬이가 더 유명해지기 전에
사인을 받아야겠다며 농담을 해요
그게 진담이 되었으면 좋겠어요, 나는

그런데요
얼마 전에 공연 때 만난 사람이
'공중파'를 타 보는 게 어떻겠느냐고 묻더래요
공중파라?

저는요, 집에 돌아가면 '땅 파'야 해요.
땅을 파야 먹고살 게 나오거든요.

청년 농부 예슬이는
이 말을 해 놓고 스스로 놀랐대요
어찌 내 입에서
이런 훌륭한 말이 나왔나 싶어서요

우리 집 옆집 옆집 옆집에

우리 집 옆집 옆집 옆집에
남의 집과 논밭을 빌려
아들딸과 함께 오순도순 농사짓는
도인이 살고 계시는데요

가난한 살림살이에
겨우 장만한 중고 승용차를,
초보 운전 딱지를 붙인 아주머니가
주차를 하다 문짝을 쫘악 긁었지 뭡니까

도인의 부인이
그 짧은 순간에 별별 걱정을 다 하는데
도인은 아무 일도 없었다는 듯이
느긋하게 한 말씀 하십니다

여보, 차 안에 앉아 있으면
긁힌 자국이 보이지 않아요
그러니 초보 운전 아주머니한테

격정 말고 그냥 그냥 가시라고 해요

어떤 부부

어떤 부부가
치과에 앉아 차례를 기다립니다

한 사람은 이가 아프니까
저절로 겸손해진다는데
한 사람은 이가 아프니까
돈 걱정부터 된다고 합니다

두 사람 이야기를 들으며
문득 이런 생각이 듭니다

만일에 말이지
두 사람 모두 겸손해진다거나
두 사람 모두 돈 걱정부터 한다면
무슨 재미로 한평생 살 수 있을까?

참 다행이다 싶습니다
달라서

다른 이야기를 들을 수 있어서

산골 시인 정상평

아름다운 사람들이 모여 산다는
합천 가회면을 지나 황매산으로 올라가면
외딴 산골 마을에 시인이 산다

시인은 오래된 유행가에 나오는
감자 심고 수수 심는 두메산골에
담도 대문도 없는 작은 흙집을
들꽃 같은 아내와 손수 지어

한 번도 목줄에 묶인 적 없는
더없이 행복한 개들과 함께,
산과 들로 돌아다니며
자유를 한껏 누리고 사는 닭들과 함께,
틈만 나면 마을로 내려오는
고라니 오소리 너구리 멧돼지와 함께,
철마다 피는 들꽃 냄새에 젖어 산다

시인이 농사짓는 모든 논밭은

유기농 인증을 받은 깨끗한 국가 유산이라
그 둘레에서 살아가는
산짐승과 풀벌레와 들풀마저도
동물 복지와 식물 복지 혜택을 받으며
아주아주 건강하게 산다

시인은 혼인하기 전엔
길도 전기도 없는 이곳에서
산새들과 외로움을 벗하며
수십 년 내내 머리를 깎지 않고
머리에 빛바랜 황토색 두건을 쓰고
홀로 농사지으며 살았다

시인은 마흔에 혼인을 하여
아들 구륜이를 낳고
쉰한 살에 늦둥이 딸 효준이를 낳고
산이 좋아 산을 품고 산에서 산다

시인이 시를 쓰는 동안
봄비를 맞으며 연둣빛 새순이 자라고
여름 가뭄이 지나가고

가뭄에도 들꽃이 피고 지고
가을이 훌쩍 지나가고
가을걷이 끝난 빈 들판에
참새 떼 멧비둘기 청둥오리 꿩이 왔다 가고
숲에 겨울이 찾아와
겨우 매달려 있던 가랑잎이
바람에 떨어져 숲을 덮었다

시인은 가난한 젊은이들이 찾아오면
빈집과 농사지을 논밭을 알아봐 주고
구들을 놓아 흙집도 짓고
삼십 년 남짓 그렇게 살아가는 동안
어느덧 나이가 쉰여덟이라

시인은 오늘도 두건을 쓰고
얼굴 잔주름만큼이나
사연 많은 사람들을 벗 삼아 시를 쓴다

별들도 서로 손잡고 깜박이는 밤에
천장에 매달린 거미랑
오동나무랑 소쩍새와 개구리랑

숲에서 풀벌레 악단이 들려주는
그윽한 노랫소리 들으며 시를 쓴다

정상평, 그이는 타고난 시인이다
시를 쓰지 않았을 때에도
시보다 더 시처럼 살았으니

떠나는 친구에게

저승에 간 사람들이 아무도 돌아오지 않는 걸 보니 저승도 살 만한가 보네. 그곳에도 철마다 꽃이 피고 골짝 개울물이 흐르겠지. 느티나무 그늘 아래 동무들 둘러앉아 막걸리 한잔 들이켜며 이승에 두고 온 사람들 이야기에 밤을 지새우겠지. 자네를 먼저 보내야 하는 이내 마음은 찢어지도록 쓰리고 아프다네. 기다리던 슬픔을 맞이해야 하는 것이 우리네 삶인 것을. 그 삶이 몸서리치도록 안타깝고 서럽다한들 어찌하겠는가. 다 내려놓고 먼저 가 있게나. 곧 뒤따라갈 테니.

3부

그래서 연둣빛 새순이 돋고

그래서 연둣빛 새순이 돋고

처음 만나
눈빛 몇 차례 마주치기만 하면
금세 하나가 되어 뒹굴고 뛰노는
저 아이들이 있어

별것도 아닌 일로
정말, 별것도 아닌 일로
배꼽을 쥐고 웃어 대는
저 아이들이 있어

누가 가르치지 않아도
금세 둘이 하나가 되고
셋이 하나가 되는
저 아이들이 있어

어린아이처럼

어머니 뱃속에 있을 때부터
농사일 따라다녔다는
느릿재 할머니는 올해 여든이시다
농사 경력 팔십 년이다
팔십 년이란 세월이 흐르는 동안
텔레비전과 냉장고가 생기고
컴퓨터와 스마트폰이 생기고
공기청정기와 로봇이 생겼다
그런데 팔십 년 전이나 지금이나
변하지 않은 게 있다
밭에만 가면
탄성이 절로 터져 나오는 것이다

야야, 무시 싹 올라왔다야!
얼른 와 보거래이!

다른 우리

산밭에 상추씨 뿌려 놓고
깜박하고
한 달이 지나서야 가 보았다

아내는
상추밭에 풀만 보인다는데

나는
풀 속에 치여서도
끈질기게 살아 있는 상추만 보인다

손이 먼저 웃는다

마늘밭 고랑에

아내랑 마주 보고 앉아 풀을 맨다

같이 풀을 매다 보면 시간 가는 줄 모른다

흘러간 옛 노래도 절로 나온다

같이 풀을 매다 보면 두둑 가운데쯤에서

아내 손과 내 손이 자주 만난다

그때마다 손이 먼저 웃는다

들들 볶인 까닭

아내는 새벽부터 남해도서관 지역공동체 탐방 손님들 점심밥 준비하느라 바쁘다. 고사리 취나물 콩나물 토란대 고구마 줄기 따위를 씻고 데치고 볶고 무치느라 눈코 뜰 새 없다. 밥상에 올라온 반찬들은 모두 아내가 손수 씨를 뿌려 가꾸거나 산과 들에서 캐고 뜯어 온 것인데 딱 한 가지, 고구마 줄기는 아니다. 산골이라 멧돼지가 하도 많아 고구마를 심지 못한 탓이다.

아내와 나는 손님을 다 보내고 따로 준비해 둔 반찬으로 혼자 사시는 마을 할머니 몇 분을 우리 집에 모시고 점심밥을 나누어 먹었다. 맛있게 드시던 무넝기 할머니가 "아이고오, 이 많은 나물을 언제 했으꼬. 야무치기도 하제." 아내는 그 말을 듣고 얼떨결에 한마디 했다. "고구마 줄기는 시장에서 오천 원 주고 샀습니다."

그때부터 할머니들이 아내를 들들 볶기 시작했다. "산골에 오만 데 널린 기 고구매 쭐거린데 그거로 돈 주고 샀단 말이가.""그것도 오천 원이나 주고.""돈은 쓸 데

77

써야제. 산골 살림살이 다 뻔한데." 아내는 얼떨결에 한
마디 했다가 된통 혼이 났다.

나 여기 살았노라

매화가 활짝 피었는데
매실나무 가지에
말라비틀어진 수세미 한 개가
덩그러니 매달려 있다

지난 가을과 겨울을 지나
눈보라 거센 바람에도 떨어지지 않고

지난해
나 여기 살았노라
새순 돋고 노란 꽃이 피고 열매를 맺었노라
형제들과 오순도순 따숩게 살았노라

지나가는 사람들 보란 듯이
꽃샘추위에도 아랑곳하지 않고

겨울, 매화한의원

장날도 아닌데
날마다 환자들이 북적거린다

이른 봄부터 늦가을까지 농사짓느라
팔 다리 어깨 허리 무릎
안 아픈 데가 없는 늙은 농부님들이
여기저기 침대에 누워 침을 맞는다

괜찮아질 거예요
아프면 언제든 말씀하세요

한의사 선생님이 침을 놓고
친절하게 건네는 목소리가
병실에 잔잔하게 울려 퍼지면

고달픈 몸마다
연둣빛 새순이 돋고
꾸웅꾸웅

봄꽃이 터진다

환한 배려

연동 할머니가
산밭에서 고추를 한 자루 따서
땀범벅이 되어
머리에 이고 오신다

서산에 쥐꼬리만큼 남은
저녁노을이
지려다 말고 지려다 말고
잠시 기다려 주신다

얼른얼른
어둡기 전에
조심조심
집에 들어가시라고

시

나보다 나이 많은 나무로 집을 짓다 보면
나무 앞에 저절로 머리가 숙여집니다
나무처럼 한자리에서 뿌리내리고 산다는 게
그리 쉬운 일이 아니잖아요

원지에 사는 김도환 목수님 말씀을 듣고
시 한 편 썼습니다

나보다 나이 많은 농부들과 한마을에 살다 보면
농부들 앞에 저절로 머리가 숙여집니다
농부처럼 한자리에서 뿌리내리고 산다는 게
그리 쉬운 일이 아니잖아요

감골 할머니의 쓴소리

돌아댕기는 곡식을 줏으믄 사램을 살리지만은,

돌아댕기는 말을 줏으믄 사램을 직이는 기라.

아, 대한민국

수입 밀가루 속에는 얼마나 안 좋은 성분이 많이 들었는지 쥐도 벌레도 잘 안 먹어요. 우리는 98퍼센트, 그 밀가루로 만든 빵과 과자와 라면과 피자와 짜장면과 짬뽕을 먹어요. 아무 걱정 없이 먹어요. 공장식 축산으로 날개가 있어도 날기는커녕 파닥거려 보지도 못한 닭이 낳은 달걀과 치킨을 아주 맛있게 먹어요. 냄새 지독한 좁은 곳에서 단 하루도 자유롭거나 행복하게 살지 못한 돼지 삼겹살과 아무 죄도 없이 거세去勢당한 소고기를 아무렇지도 않게 잘도 먹어요. 어디인지도 모를 먼 나라에서 온 사료를 먹고 자란 소한테서 짠 우유도 기똥차게 마셔요.

문만 열고 나가면 흔히 볼 수 있는 카페에서, 어디서 누가 어떻게 농사지어 여기까지 왔는지도 모르는 카페인 듬뿍 든 커피를 물 마시듯이 자주 마셔요. 미세먼지도 미세 플라스틱도 매연도 식품 첨가물도 아무렇지도 않게 잘도 먹어요. 어둠이 내리면 칠레산 포도주를 마시거나 때로는 독일 에딩거나 중국 칭다오 맥주를 따르며

낭만을 찾아요.

어릴 때부터 먹은 나쁜 음식이 몸속에 차곡차곡 쌓여 깊은 병이 든다는 것을 모르는 사람이 어디 있겠어요. 먹는 게 사람 몸과 정신을 만든다는 걸 알면서도, 잘 알면서도 그냥 먹어요. 바빠 죽겠는데(바빠 죽겠다는 말은 대한민국 사람만 쓰는 말이래요.) 이것저것 따지고 나면 먹을 게 어디 있냐며 먹고 또 먹어요. 자라나는 아이들이 하나부터 열까지 모든 걸, 모두 다, 보고 듣고 배우며 살아가는 자랑스런 대한민국에서 바쁘게 살아요, 우리는.

들린다

눈을 지그시 감고 듣는다
산밭에 배추 자라는 소리
배추벌레가 배추 갉아 먹는 소리
언덕배기 도토리 떨어지는 소리
다람쥐가 도토리 씹는 소리
지붕 아래 왕거미 움직이는 소리
삐익 삐이이익 산새들 우는 소리
알알알 아우아우 옆집 개 짖는 소리
으아아악 사람들에게 밟힌 개미 앓는 소리
삐이 삐리이 풀숲에서 들려오는 풀벌레 소리
따샤샤아 돌멩이 굴러가는 소리
숭얼숭얼 뭉게구름 떠다니는 소리
위잉이잉 스쳐 지나가는 바람 소리
조로조르르 흘러가는 개울물 소리
그 소리 가만히 듣다 보니, 들린다
내가 무심코 내뱉은 말 때문에
누군가 잠 못 들고 뒤척이는 소리
작은 꿈조차 짓밟혀 끙끙거리는 소리

간식거리와 저녁거리

고구마 쪄서 껍질을 벗기고
생긴 대로 길쭉길쭉 썰어
처마 밑, 볕 좋은 곳에 널었다

저녁밥 배부르게 먹고 방문을 여는데
널어놓은 고구마를 슬쩍하러 온
때까치 한 마리와 눈이 딱, 마주쳤다

때까치는 하도 놀라
입에 물고 가던 고구마를
마당에 툭, 떨어뜨렸다

야, 이놈아!
간식거리 고구마말랭이를
어디 겁도 없이 훔쳐

내 입에서 나도 모르게
총알처럼 튀어나온 말에

내가 놀랐다

오늘 당장
때까치 식구들 먹을
저녁거리가 마당에 떨어졌는데

어린 새끼들이 배가 고파
꼬르륵꼬르륵
밤새 잠 못 들지 모르는데

명당

우리 마을은 명당이라
훌륭한 인물이 많이 나왔잖어
샘골 어르신 큰딸 교장 됐지
덕수 양반 둘째 아들 대기업 부장 됐지
만덕이네 집에 공무원이 두 명이나 나왔지
그리고 상욱이네 막내아들은 검산가 뭔가……

이 사람아, 명당이면 무엇 하나
고향 담벼락은 자꾸 무너지고
애들이 씨가 말라
중학교고 고등학교고 문 닫은 지 오랜데
그러니까 우리 마을은 명당이 아닐세
당장 몹쓸 귀신이 나올 판인데 명당은 무슨?

낳아 주고 길러 준 고향은 나 몰라라 하고
도시에서 돈깨나 벌었다고 말이여
가끔 고향 찾아와
돈 몇 푼 던져 주고 가면 뭐 하겠나

태어나고 자란 고향에서 흙 밟으며
함께 살아야 명당이 되는 게지

4부

온 집안에 웃음꽃이 피었다

마음에 들어가서

1
셋방살이에 어렵고 힘들게 키운 아들이
앞이 잘 보이지 않는 아가씨 손을 잡고
혼인을 하겠다고 찾아왔습니다

잘 생긴 아들이
무엇 하나 모자람 없는 아들이
(부모 눈엔 다 그렇게 보일 뿐입니다)
무슨 인연이기에
앞이 잘 보이지 않는 사람과
한평생 살려고 한단 말인가?

아버지, 다음 달에
혼인식을 올리려고 합니다
아내 될 사람이 비록 앞은 잘 보이지 않지만
어느 누구보다 성격이 밝고 착해요
제가 한평생 '눈'이 되어 살겠습니다
아버지가 그러셨잖아요

남자든 여자든 착한 사람 만나 사는 게
가장 큰 행복이라고

나는 그 말을 듣고
겉으로는 태연한 척했지만
앞이 캄캄했습니다

2
아버지, 다가오는 셋째 주 토요일에
혼인식을 올리기로 했어요
장소는 충남 금산에 있는 아주 작은 산골이에요
폐교된 건천 초등학교 들머리에
오래된 느티나무가 하도 좋아서요
찾아오시는 길이 멀어 걱정입니다만
축하해 주러 오셔야 합니다
혼인 잔치 음식은 아내 영미랑
그리고 친구들이랑 같이 준비할게요
아버지는 어머니랑 시간 맞추어
오시기만 하면 됩니다
그리고 축의금은 절대 받지 않기로 했어요
손님을 초대해 놓고 돈을 받는다는 게 우습잖아요

저희들은 입던 옷 깨끗이 빨아서 입고
혼인식을 올릴 생각이니
아버지도 그냥 편안한 옷 입고 오시면 좋겠어요

나는 그 말을 듣고
겉으로는 태연한 척했지만
앞이 캄캄했습니다

3
어이하면 좋단 말인가?
무심결에 하늘을 쳐다보는데
문득 이런 생각이 찾아왔습니다

그래, 며느리라 생각하지 말고
우리가 낳아 기른 딸이라 생각하자
앞이 잘 안 보이는 딸 앞에
건강한 사내가 나타나
한평생 눈이 되어 함께 산다고 생각하자
얼마나 기쁘겠나

문득 나를 찾아온 생각을 붙잡아

내 마음속에 들어가서
내 마음을 들여다보니
앞이 보이고 온 누리가 환합니다

마음을 여는 날

―영미와 영교 혼인날에

누가 보아 주든
누가 보아 주지 아니하든
들녘에 벼가 익어 고개를 숙입니다

고개를 숙인다는 것은
자신을 낮추어 다른 생명을 존중하는
아름다운 몸짓입니다

오늘은, 두 사람이
자신을 낮추어 다른 생명을 존중하는
소중한 날입니다

스승인 자연 앞에서
자연에 기대어 사는 사람들 앞에서
하나가 되겠다고 약속하는 날입니다

어떠한 아픔과 슬픔이 찾아와도
두 사람이 하나가 되어

함께 걷겠다고 다짐하는 날입니다

두 사람이 하나가 되는 길은
비록 고달프고 힘들지만
눈부시도록 아름다운 길입니다

그 길에는 변함없이
꽃이 피고 지고
꽃이 피고 지리니

안부 그리고 공부

어머니, 든든한 막내아들 인교예요
찜통더위에는 산밭에 나가 일하지 마세요
일사병으로 쓰러지는 농부들이 늘어난대요

어머니한테 이런 말씀을 드려야 하나 말아야 하나
고민 고민 하다가 큰맘 먹고 전화 드려요

지난달에 형하고 형수가
합천 어머니 집에 찾아갔을 때요
아침에 늦게 일어난 형수한테 큰소리쳤다면서요

이렇게 늦잠 자고 일어나서
험한 세상, 앞으로 우찌 살라꼬 그라노
나이 든 사람이 밥상 다 차려 놓고
젊은것들을 깨워야겠나?

그 말을 듣고 형수가 마음이 너무 아팠대요
형수는 시각장애인이라

아침엔 눈을 뜨지 못할 만큼 눈이 피곤하대요
일찍 일어나고 싶어도 일어날 수가 없대요

미리 말을 못 한 형수도 잘못이지만
어쨌든 아침부터 큰소리로 나무란 건 어머니잖아요
어머니가 그 사연을 잘 몰라서 그랬겠지만요
그래도 어머니가 먼저 형수한테 사과하면 좋겠어요
전화로 하지 말고 직접 만나서
얼굴 마주 보고 진심으로 사과하면 좋겠어요
형수는 앞이 안 보이지만
어머니는 앞을 다 볼 수 있잖아요

아버지도 그랬을까

오랜만에
객지 나간 자식 만나러 가는 날은
두근두근 가슴이 설렌다
그러나 시치미를 딱 뗀다

오랜만에
객지에서 고생하는 자식을 만나
하고 싶은 말은 가슴에 넘쳐흐르는데
그래도 시치미를 딱 뗀다

아버지가 되어 보지 않고는
어찌 그 마음 알 수 있으랴
알 수가 없지
그 마음까지, 시치미를 딱 뗀다

가을밤은 깊어만 가고

긴 여름이 지나고
아침저녁으로 가을바람 부는 어느 날
영미한테서 전화가 왔습니다
농사일 조금 한가하면
저희 집에 오셔서 한 사흘 쉬었다 가시라고

아내와 나는 아무리 농사일 바빠도
신혼살림 차렸다는데 가긴 가야 한다며
버스와 지하철을 몇 번 갈아타고 찾아간
서울 마포구 어느 변두리

마당 한 평 없고
대문엔 '잔액부족하우스'란 글이
자랑처럼 붙은 집에서
저녁을 먹으며 이런저런 이야기를 나누었습니다

야야, 둘레에 나무 한 그루 없는 이런 집에서 우찌 사
노?

어머니, 월세 삼십오만 원으로 이런 집 구하기도 힘들어요 우리 집은 그나마 나은 편이에요

오데 불편한 데는 없나?

사는 데 크게 불편하지는 않아요

그건 그렇고 지난번에 합천 우리 집에 왔을 때 이 에미가 아침부터 화를 막 내서 미안하다야. 네 사정도 잘 모르고 그랬으니 진심으로 사과하마

어머니, 제가 잘못했습니다. 아침에 일찍 일어나지 못해서

아니다 아니야 우쩌 그게 니 잘못이고, 눈이 피곤해서 못 일어나는 니 마음이 더 힘들었지. 이 에미도 자식들한테 많이 배운다 아이가. 우리 집 막내아들 녀석이 꼭 이렇게 사과를 해야 한다고 가르치더라

우쨌든 지난 일 다 잊고 우리 잘 지내 보자. 앞으로 시어머니라 생각하지 말고 친정어머니라 생각캐라. 나도 며느리라 생각 안 하고 딸이라 생각할 테니까

어머니, 먼저 손을 내밀어 주셔서 고맙습니다

무얼, 내가 더 고맙다야

이야기 나누는 사이에 가을밤은 깊어 가고
어느새 합천 산골 달님이
서울 잔액부족하우스까지 따라와
대낮처럼 밝게 비추어 줍니다

아득한 전화

어머니, 갑자기 아기 심장 뛰는 소리가 들렸다 안 들렸다 한대요. 의사 선생님과 간호사님이 '비상사태'래요. 아기를 살리려면 산모가 위험하고, 산모를 살리려면 아기가 위험하대요. 어머니, 무엇보다 제가 할 수 있는 일이 아무것도 없다는 게 너무 슬퍼요. 가슴이 콩닥거리고 불안해서 어찌할 수가 없어요. 그런데 갑자기 어머니가 떠올라 전화를 걸었어요. 어머니라고 해서 특별한 방안은 없겠지만, 어머니 목소리라도 들으면 마음이 안정될 것 같았어요. 고맙습니다, 어머니! 다시 전화 드릴게요. 어머니 목소리 듣고 나니까 어쩐지 좋은 소식이 있을 것 같아요. 너무 걱정 마세요, 어머니.

자식은 가슴으로

며느리가 아기를 낳았다는 소식을 듣고
아내는 밥상 앞에 앉아
밥은 먹지도 않고 중얼거리기만 합니다

우짤라고 애를 낳노
앞이 잘 보이는 엄마들도
애 키우기 힘들고 어렵다고 야단법석인데
앞도 잘 안 보이면서
우찌 애를 키울라고……

아내 걱정은 날이 갈수록 깊어 가고
걱정이 깊어 갈수록
밥은 먹는 둥 마는 둥
잠도 자지 않고 혼자 멍하니 앉았습니다

그렇게 그렇게
열흘이 지났습니다

그 소식을 들은
대구 사는 막내아들한테서 전화가 왔습니다

어머니, 어이 밥도 안 드시고 속을 태우십니까?
어머니는 자식 낳아 키울 때
눈으로 키웠습니까?
아니면 가슴으로 키웠습니까?
형수가 앞이 안 보인다 해도
낳은 자식은 가슴으로 키우지 않겠습니까?
그러니 아무 걱정 마시고 밥 잘 챙겨 드이소
어머니가 가장 잘하는 게
자식 믿어 주는 거 아입니까?

아내는 그제야 정신이 들었는지
밥을 물에 말아 먹으며
누구 들으라는 듯이 또렷하게 말합니다

그래, 맞다 맞어
내가 젤로 잘하는 게
자식 믿어 주는 거 아이가
에미가 자식새끼 못 믿었으모

우쩌 이날까지 살아왔겠노
고맙다, 우리 막내아들!

작은 다짐

손자 '서로'가 태어났다는 말을 듣고
사흘 동안 농사일, 쉬기로 했다
산밭에 괭이질을 하다
지렁이 한 마리라도 찍으면 마음이 짠하니까
삼 주 동안 좋아하던 술도 끊기로 했다
나도 모르게 쓸데없는 말을 해서
다른 사람 마음 아프게 하면 안 되니까
석 달 동안 채식을 하기로 했다
손자 서로가 살아갈 세상이
조금 더 맑아질 테니까

할아버지, 그 이름으로

손자 서로가 태어나서
온 집안에 웃음꽃이 피었다

아침마다 스마트폰을 켜면 짜잔!
하고 첫 화면에 나타나는
서로 사진을 보기만 해도
안 될 일도 슬슬 풀릴 것 같고
조금 더 잘 살아야겠다는 생각이 든다
아니, 살 만큼 살아서
좋은 할아버지 노릇을 해야지 싶다

자주 안아 주고
어르고 달래서 잠도 재워야지
배고프면 밥도 먹여 주어야지
당연히 기저귀도 갈아 주어야지
슬기로운 옛날이야기도 들려주고
가슴이 열리는 멋진 시도 읽어 주어야지
그림책《마지막 뉴스》도 보여 주고

동화책《몽실 언니》도 선물로 주어야지
그래그래, 누가 무어라 해도
서로 손을 잡고 바다로 강으로 산으로
두루 다니며 즐겁게 놀아야지
아이들은 놀기 위해 태어났으니까

서로가 조금 더 자라면
깊은 통찰이 담긴
《나무에게 배운다》와
서로 아비가 쓴
《두 번째 페미니스트》를 함께 읽고
찬찬히 이야기를 나누어 봐야지
사람이 제아무리 잘나고 똑똑하다 해도
자연보다 위대한 스승이 어디 있겠나

서로가 조금 더 자라면
텃밭에서 함께 거름을 뿌리고 땅을 갈아
토마토랑 오이랑 당근을 심어야지
일 마치고 따뜻한 햇볕 아래 앉아
옆구리 터진 김밥을 맛있게 나누어 먹어야지
사람은 누구나 땀 흘리며 일을 해야만

제 몸에서 '사람 냄새'가 난다는 것을
가르치지 않아도 스스로 깨닫게 해야지
아무렴, 그렇고 말고
허약한 몸과 마음을 단단하게 만드는 데는
노동이 가장 좋은 보약이지
그래야만 제 목숨 살려 주는 음식 귀한 줄 알고
더불어 살아가는 이웃을 섬길 수 있지

무엇보다 하나밖에 없는 멋진 지구별 아래서
어떤 꿈을 꾸면 마음이 설레는지
'내'가 꾸는 꿈이 나와 이웃과 세상 사람들한테
어떤 기쁨과 희망을 줄 수 있는지
스스로 길을 찾아갈 수 있도록 길을 열어 놓아야지
(이 모두, 못난 할아버지 욕심이라 해도)

선물

손자 서로가 첫돌이 지나고부터
산골 마을 이웃들은 틈만 나면
서로 주라고 먹을거리를 가져옵니다
인화 씨가 땅콩 캤다고 한 소쿠리
하동 할머니가 자연산 밤 한 자루
구륜이 아버지가 유기농 햅쌀 한 말
예슬이네가 달달한 꿀고구마 한 상자
은실 님이 찰옥수수 한 바가지
콩살림 김성환 선생이 구수한 된장 한 통
서로는 다정한 이웃들이 다 키웁니다

그래서 슬프지 않다

서로는 세 살입니다

아빠랑 공원에 놀러 가면
아빠 손을 놓고 마음대로 뛰어놉니다

엄마랑 공원에 놀러 가면
엄마 손을 꼭 잡고 놓지 않습니다

서로도 압니다
엄마가 눈이 불편하다는 것을

가족회의

어머니, 아버지!
이번 가족회의 때
꼭 이 말씀을 드리고 싶었어요
흐릿하게 보이던 한쪽 눈마저
날이 갈수록 보이지 않아요
어머니, 아버지는
며느리 잘못 만난 탓이라 여기시고
스스로 몸을 잘 보살피면서 사셔야 해요
혼인하고 여태껏
따뜻한 밥상 한 번
제 손으로 차려 드리지 못했잖아요
앞으로도 그럴 수밖에 없을 거예요
죄송해요
어머니, 아버지!

바쁜 농사철이라

서울 사는 며느리가
황매산 철쭉이 피었느냐고 묻는데
아내는 아직 피지도 않은 철쭉을

야야, 꽃이 다 졌다야
오지 마라, 오지 마!

아내는 전화를 끊고는
거짓말한 것이 미안한지
혼자 배시시 웃는다

소원

황매산 기슭 아래
작은 흙집을 짓고 십오 년 만에
앞마당에 찾아온 두꺼비한테 빌었다
두껍아, 두껍아
헌 집 줄게 새 집 다오
이런 소원은 빌지 않을게
다만 앞 못 보는 우리 영미
한쪽 눈이라도 볼 수 있게
그것도 욕심이라면
아기 키울 때까지
희미하게라도 볼 수 있게
두껍아, 두껍아!
애타는 이내 소원 들어주렴

영미에게

영미야, 눈이 불편한 네가
한 식구가 되었을 때
아내와 나는
어쩐지 마음이 불편했다

못난 시아비와 시어미는
'낯선 곳, 낯선 식구를 만나
네 마음이 얼마나 불편할까'
이런 생각은 꿈에도 하지 못했다

눈이 불편한 사람을
영화나 연속극에서
아니면 가끔, 아주 가끔 거리에서
남의 일처럼 얼핏 보기만 했으니까

네가 아기(서로)를 낳고
기차 소리에 놀라 벌떡 일어나는 셋방살이에도
떳떳하고 슬기롭게 살아가는 모습을 보면서

그제야 '식구'란 말을 다시 생각했다

아버지, 밥상에 있는 반찬을
제 앞에 조금씩 놓아 주시겠어요?

바로 앞에 놓인 반찬조차
잘 보이지 않는 네가
시아비한테 스스럼없이 이런 말을 하기까지
얼마나 많은 내공內工을 쌓았을까

그날, 나는
부엌 설거지를 하면서 중얼거렸다

하이고, 네가 말하기 전에
내가 먼저 반찬을 놓아 주어야 하는 것을
좋은 시아비 되려면 아직 멀었어

영미야, 너를 만나 깨닫게 되었다
너는 눈이 불편한 게 아니라
눈만 불편하다는 걸

두 눈을 뜨고도
온갖 탐욕과 집착으로 스스로를 망가뜨리고
이웃을 절망의 늪으로 빠뜨리는 몹쓸 사람이
천지삐까리로 깔린 세상에서

가난을 좋은 벗 삼아
사람과 자연을 품에 안고 살아가는
너를 보면서
지금, 이 글을 쓴다

영미야, 너를 만나 참 고맙다
너와 인연을 맺기까지
네 곁에서, 네 눈이 되어 준
모든 분들도 참 고맙다

우리 같이
어떤 일이 있어도 기죽지 말고
봄꽃처럼 환한 얼굴로 살아가자

사랑하는 우리 며느리
아니다, 사랑하는 우리 딸 영미야!

아들만 있고 딸 하나 없는 우리 집에
네가 있어 참 고맙다

시와 노래는 강을 건너

내가 좋아하는 노래를
아들이 부릅니다
아들이 좋아하는 노래를
손자가 부릅니다

엄마야 누나야 강변 살자
뜰에는 반짝이는 금모래 빛
뒷문 밖에는 갈잎의 노래
엄마야 누나야 강변 살자

김소월 시인이 쓴 시
'엄마야 누나야'를
백 년 세월이 흐른 지금도
내가, 아들이, 손자가, 부릅니다

농사지으며 노래하는 이가
농사지으며 시 쓰는 이에게

옥수수(김주혜)

처서가 지나서인지 서늘한 저녁 바람이 붑니다.

말갛게 붉고, 바다같이 파란 하늘 위에 하얀 달이 둥실 떠 있네요. 얼마 만에 보는 저녁달인지, 눈을 떼지 못합니다. 호박 넝쿨은 긴 장마 속에서도 보름달 같은 호박을 주렁주렁 마당 가득 달아 놓았네요. 호박을 따다가 집 툇마루에 모다 놓고 눈을 감으니 맴맴 매미 소리, 찌르르찌르르 풀벌레 소리만이 들립니다. 집도 가게도 논밭도 시꺼먼 물속에 잠겼었다는 게 거짓말 같습니다. 농부님 댁은 어떠세요, 무탈하신가요? 농부님 안부를 묻다 보니 동네 이웃들, 망연자실하던 어르신들 모습이 떠오릅니다. 제 마음도 쓰라립니다. 조용히 농부님이 쓴 시집을 펼쳐 봅니다.

길을 걷다가 자주 뒤돌아본다
걸어온 길이 그리워서

잠을 자다가 자주 깬다
살날이 얼마나 남았나 싶어서

'더없는 시간' 중에서

"오래 살아 이런 꼴을 보는 거지, 오래 산 것이 죄여." 집이 물에 잠겨서 시멘트 바닥 위에 텐트를 치고 주무시는 아흔 살 어르신 말에 "무슨 말씀이세요."라고 맞받아치면서도, 어찌 알겠어요, 저 마음을. 얼굴조차 알아볼 수 없을 만큼, 물에 젖어 헤진 자식들 사진을 한 장 한 장 떼어 내어 햇볕에 말리는 어르신 손은 멈칫멈칫하다 이내 부르르 떨립니다. 그 떨리는 손 곁에서 이 시를 읽으니 그렁그렁 눈물이 납니다. 어르신들 긴긴 삶에 '더없는 시간'들은 무엇일까, 어떤 이야기들이었을까? 어르신들 허기진 속을 채워 줄 보드랍고 뜨끈한 그런 노래가 어디 있나 생각하다 올해 초 코로나가 오기 전 어르신들과 부르려고 연습하던 민요 가락이 새어 나옵니다.

공산명월아 말 물어보자 임 여의고 사는 사람 몇몇이나 되

느냐

유정 임 이별 후로 수심 길어 살 수가 없네

아이고 매 언제나 나도 임을 만나서 이별 없이나 살, 고나 헤

갈 거 자야, 설워 마라 보낼 송자 나도 있네

이야기 만날 봉자가 정녕 가야든가, 고나 헤

오랜 세월 동안 많은 삶들이 칡넝쿨처럼 단단히 얽힌 노래는 강인한 심지를 나눠 줄 거야, 하면서 연습을 시작한 육자배기인데 아직까지도 몸에 다 익히질 못하였어요. 코로나 역병이 돌아, 일주일에 한 번 어르신들과 풍물 치던 것도 취소되고 노래 부르는 것도 여의치 않아, 노래 심을 자리가 여의치 않았어요. 혼자 부르는 노래는 뜬구름만 같습니다. 언제고 우리 같이 얼굴과 얼굴을 마주 보고 웃고 노래하며 '덩덩 쿵 따 쿵' 신명나게 놀 수 있을는지.

한 해에 한 번

벚꽃이 흐드러지게 필 때

마을 놀이 가신다

　　　……

청춘을 돌려 달라고

사랑하기 딱 좋은 나이라고

사랑과 청춘을 가슴에 품고

신나게 노신다

고달픈 농사일도

덧없는 인생살이도

잠시 잊고

멋지게 노신다

관광버스 의자를 붙들고 서서

흔들리면 흔들리는 대로

'사랑과 청춘을 가슴에 품고' 중에서

  마을 당산나무에 기원을 올립니다. 동서남북 중앙 모든 신들에게 고개 숙여 빕니다. 액을 물러 주시라고, 우리 동네에 만복을 내려 달라고. 음식과 술을 나누며 멋진 춤사위를 뽐내시던 어르신들을 다시 보게 해 달라고. 그렇지만 그런 날이 쉬이 올 것 같지 않습니다. 수해로 입은 상처가 다 가시기도 전, 모두들 마스크를 끼고 보건소로 갑니다. 어르신들이 많이 다니시던 읍내 병원에 확진자가 있었다니, 엎친 데 덮친 격입니다. 어르신을 모시고 병원에 갔던 저도 검사를 받고 자가 격리라는 걸 하고 있고요. 저는 간절한 마음이 되어 기도를 합니다.

손자 '서로'가 태어났다는 말을 듣고
사흘 동안 농사일, 쉬기로 했다
　　　……

삼 주 동안 좋아하던 술도 끊기로 했다
나도 모르게 쓸데없는 말을 해서
다른 사람 마음 아프게 하면 안 되니까
석 달 동안 채식을 하기로 했다
손자 서로가 살아갈 세상이
조금 더 맑아질 테니까

'작은 다짐' 중에서

　농부님이 손자 서로를 생각하는 마음으로 좋아하던 술도 끊고
말도 줄이고 채식을 하듯, 저도 저와 연결되어 있는 친구들과 이
웃들이 무탈하기를 기원하며 이 시간을 채워 갑니다. 가족 하나
없이 이 고개를 넘고 있는 평택 기지촌 언니에게 전화를 해 봅니
다. 장애인이라는 이유로 시설에 갇혀 사는 지인에게, 코로나 때
문에 만날 수가 없으니까 편지를 쓸게요, 약속한 일도 지켜야지
요. 동네 아이들과 함께 공부할 기후 위기 책도 뒤적여 봅니다.
성매매 여성들이 쓴 시에 붙일 노래도 떠올려 보고요.
　서로가 서로를 돌볼 일이 이리도 많았거늘, 저는 무엇이 그리

바빴을까요. 왜 이걸 까맣게 잊고 있었을까요. 나중에, 나중에
하고 자꾸 미루어만 두었을까요. 더없는 시간이 지금 여기에서
흐르고 있는데.

며느리가 아기를 낳았다는 소식을 듣고
아내는 밥상 앞에 앉아
밥은 먹지도 않고 중얼거리기만 합니다

우짤라꼬 애를 낳노
앞이 잘 보이는 엄마들도
애 키우기 힘들고 어렵다고 야단법석인데
앞도 잘 안 보이면서
우찌 애를 키울라고……
          ……
어머니, 어이 밥도 안 드시고 속을 태우십니까?
어머니는 자식 낳아 키울 때
눈으로 키웠습니까?
아니면 가슴으로 키웠습니까?
형수가 앞이 안 보인다 해도
낳은 자식은 가슴으로 키우지 않겠습니까?

가까운 이들에게 편지를 쓰다 보니, 이 시가 자꾸 아른거렸어요. 제 친구들 중에도 서정홍 농부 며느님처럼, 장애 여성이면서 어머니인 사람들이 있습니다. '어떻게 그 몸으로 아이를 낳느냐'며 만류를 당하기도 하고, 때로는 불임수술을 권유받기도 하는 현실 속에서도 스스로를 사랑하고(!) '가슴으로 아이를 키우는' 이들이요. 이 친구들은 저마다 다른 방법으로 아이를 키웁니다만, 한 가지는 똑같아요. 농부님의 손주 서로를 다정한 이웃들이 귀한 먹을거리 나누며 함께 키우듯이, 장애 여성의 친구들, 여성 장애인 인권 단체 사람들, 장애인 활동 지원사와 같은 이들이 '이모' '선생님' 같은 이름으로 아이와 가족이 돼요. 둘레의 여러 사람이 함께 아이를 돌보고 기르며, 편견과 걱정의 벽을 넘습니다. 두터운 연대와 도움의 손길로 장애 여성 가족과 '우리'가 되어 가지요.

서정홍 농부님 내외분과 서로 아빠인 아드님도 이 새로운 세상에 초대를 받으신 것이라 느껴졌어요. 어떠세요, 그런 초대를 받고 보니 농부님 사는 세상이 달리 보이시나요? 다른 소리들이 들리시나요?

눈을 지그시 감고 듣는다

산밭에 배추 자라는 소리

배추벌레가 배추 갉아 먹는 소리

언덕배기 도토리 떨어지는 소리

다람쥐가 도토리 씹는 소리

지붕 아래 왕거미 움직이는 소리

삐익 삐이이익 산새들 우는 소리

알알알 아우아우 옆집 개 짖는 소리

으아아악 사람들에게 밟힌 개미 앓는 소리

　　　　　……

그 소리 가만히 듣다 보니, 들린다

내가 무심코 내뱉은 말 때문에

누군가 잠 못 들고 뒤척이는 소리

작은 꿈조차 짓밟혀 끙끙거리는 소리

'들린다' 중에서

　눈을 감고, 다리를 묶고, 손도 쉬고 그저 가만히 저에게 온 소리들을 되새겨 봅니다. 오일시장길 어르신 검은 비닐봉지에서 혈압약 꺼내는 소리, 동네 아이들 마스크 끼고 뻘뻘 땀 흘리는 소리, 축사 안 음매음매 소 울음 소리, 작은 고양이와 두더지, 고라니 새끼가 차에 치여 먼지가 되어 가는 소리. 무심코 지나친

133

소리들이, 이제는 제 귓구멍에 대고 말하듯 가깝게 들립니다. 홍수며, 코로나며, 태풍이며…… 이런 난리들 속에서 가장 크게 들리는 소리에만 정신이 팔려 있었던 것 같아요. 작은 소리들, 애써 멀리하려 했던 소리들이 이제야 들립니다. 두렵고 아득한 요즈음이야말로 그런 작은 소리들을 듣고 노래를 지을 수 있는 때인 것을요.

농부님도 이 때에 맞추어 배추와 무를 심고 계시겠지요?
농부님이 키운 배추와 무가 야무진 속을 그득 채웠을 때, 제가 듣고 있는 이 작은 소리에 응답하는 노래를 함께 불러 보고 싶어요. 홍수 고개 넘고, 코로나 고개도, 태풍 고개도 넘긴 몸뚱이로 말이예요.

그때까지 농부님과 가족들, 동네 이웃과 손주 서로 모두 '꽃이 피고 지고 다시 피는 것처럼' 살아 내시기를 기원드립니다.

옥수수는 전라남도 구례에 살고 있다. 이곳저곳을 다니며 만나는 이들의 신명 나는 이야기, 애끓는 이야기에 곡을 붙여 노래를 부른다. 글도 쓰고, 돈벌이가 되는 일도 이것저것 하고, 농사도 조금 짓는다. 별 볼 일 없이 살다가, 조용한 별이 되면 좋겠구나 하는 바람을 지니고 있다.

상추쌈 시집 01

그대로 둔다

글 서정홍
표지 그림 김병하

초판 1쇄 펴냄 2020년 10월 5일
   2쇄 펴냄 2021년 4월 25일

편집 서혜영, 전광진
인쇄·제책 상지사 P&B
도서 주문·영업 대행 책의 미래   전화 02-332-0815 ㅣ 팩스 02-6091-0815

펴낸 곳 상추쌈 출판사 ㅣ **펴낸이** 전광진
출판 등록 2009년 10월 8일 제 544-2009-2호
주소 경남 하동군 악양면 부계1길 8 우편 번호 52305
전화 055-882-2008 ㅣ **전자 우편** ssam@ssambook.net
누리집 ssambook.net

ⓒ 서정홍, 2020
이 책의 내용을 쓰고자 할 때는 저작권자와 출판사의 허락을 받아야 합니다.

ISBN 979-11-90026-02-4 03810
CIP 2020038757 (http://seoji.nl.go.kr)